U0661274

新海的诗

李新海 著

长江出版传媒 | 长江文艺出版社

诗词是畅想

诗词是梦幻

诗词是沉在心底之美

诗词是欲吐之情感

序

于向东

新海要出诗集了。这一点都不奇怪，他是我们文青会的桂冠诗人嘛。

印象中，新海是加入文青会才开始写诗的。起先，是有感而发、有事可记的退休干部体，有趣，也常见。偶尔也写古体诗，有味，也平淡。后来，新海开始写新体诗了。于是，我们发现了作为诗人的新海。

诗在本质上是发现。经由发现而将自身敞开于世界。哲学家说世界向人敞开，诗人说人向世界敞开。新海不是职业诗人，也几乎没有诗艺的训练。他只是在生活中随手记下。但其中瑰丽的想象、奇妙的联系、出乎意料的对比，展示了生活的奇迹。发现的可能，这正是诗于我们生活的意义。在喧嚣和急促中，每个人都在默默地祈愿坚实的锚，稳住我们的生命。所以诗是永存的。哲人说，人诗意地栖息在大地上。正是讲诗的本意。我也与新海相识于诗意的大地：丽江玉龙山居，西域边关敦煌。这位杭州商人，通达从容，神情专注，本真地透出善良文雅与艺术的感觉，还有随时一闪的军人气度。很自然地，新海一家就入了文青会。不知道以前他是否写诗，反正他到文青会后就经常写诗了。他的诗与生活在一起，有种境界，这个境界就是一种敞开，是我们日感而不自知的状态。他的诗，几乎每首都有这种"敞开"的发现，看到了人与世界的相互敞开。只有在这个相互中，人的诗意的栖息才有可能。这是要有天赋的，只有天赋才能发现。新海在切身感受中写下他的诗句，他是写给我们的，是写给他熟悉的朋友们的，是写给相互理解和喜爱的朋友的，所以才让我们有种"惊奇"和"大悟"。这让我联想到，古时候诗人要么写给自己，要么是写给朋友的，不是写给陌生人的，否则那个"惊奇"和"大悟"怎么回传诗人呢？"惊奇"与"大悟"当然只能在朋友们的往来中，对新海来说，就是在我们文青会亲切雅致而又审视的场景中，这正好相符了新海的诗。这超过了我们授予新海"文青会桂冠诗人"的名誉。因为新海的诗，我们看到发现与敞开。这触动了我，触动了文青会：

　　在我走过的地方　　用如花的诗　　铺出一条无边的路
　　归类吧　　归类吧　　把我归在田园山川　　还是晨曦晚
　　霞　　我的船在江面划出浪花
　　亲爱的教授　　别把我归在布尔乔亚　　因为我还要去川
　　藏　　可能浪迹天涯

　　我们会心一笑，那是刚刚从文青会思想场域中摘取的诗句，这不是奇迹吗?!
　　新海对母语之美有本能的掌握，或许来自他母亲的中州古韵，他可以肆意挥洒，写出就是：

　　我有我的节奏
　　喜欢行云流水的轻柔
　　请不要打断我
　　那会有不安的烦忧

如深夜的钟摆

孤独地沿着清净的河流

我有我的旋律

别制造太大的声响

那么好的听觉

受不了刺耳的喧嚣

最喜欢山林的孤独

偶尔清风徐徐

几只轻声细语的啼鸟

我有我的逻辑

需要缓缓地流淌

上到银河去思想

日出薄雾时坐望

秋水自然天长

极思到孤独的紧张

也许是我的醉享

文青会秘书长幽幽地说，这个汉语传统吧，也就是诗词真是美，咱文青会，得有个桂冠诗人。有新海，有新海的诗，文青会与有荣焉！

自 序

有诗的日子

李新海

　　寒冷的新年之风，吹起了我序幕的开场，机缘自在，海从天降。灵魂附上了肉体，自那第一声哭响。感恩妈妈爸爸！如意吉祥！我年轻美貌的妈妈，让我第一次睁开眼，就看到了上海的光芒，用我婴儿的手臂，拥抱着时尚的太阳。骄傲的洋人走了，留下了艺术和洋房，混合有趣的文化，美好的东方西方。无论世间变幻，也磨灭不了向往。今天多想去滑雪，在洁白的山上飞翔；我的胃在早上，喜欢油条豆浆。其实风雨六十年，多少人间沧桑！毕竟东流去，难免也迷茫，有幸东线无战事，更享国门开放，不立危墙下，静夜常冥想，前生转今世，终归何处乡。三生有幸，长在钱塘！天下何处更有诗意，能比我乡？

　　丙申之年某夜，诗词如仙从天降，日日夜夜伴随，让我的生命升华，让我的倾诉释放，让我的情趣闪光。以至于：

　　　　每天用诗歌

　　　　反省镜子里的自我

　　　　每天用诗歌

　　　　衡量生命的质量

　　　　每天用诗歌

去表达现象的光芒

每天用诗歌

理出哲思的抽象

每天用诗歌

把走来的路回望

每天用诗歌

冲洗灵魂的高尚

每天用诗歌

去搭建精神的殿堂

每天用诗歌

去寻觅眼中的美好

每天用诗歌

揉搓出时间绳缰

每天用诗歌

开启抑扬顿挫的音响

每天用诗歌

做日记式的流水账

每天用诗歌

描写最纯真的童话

每天用诗歌

挖掘内涵的精华

每天用诗歌

进入音乐的典雅悠扬

每天用诗歌

去放飞语言的白鸽

每天用诗歌

去寻觅古人的脉络

每天用诗歌

来表达情义的浓缩

每天用诗歌

梳理信息的繁杂

每天用诗歌

提炼精髓和重点

每天用诗歌

去体会灵感的源泉

每天用诗歌

汇集精进的刚强

每天用诗歌

享受啼鸟的晨曲

每天用诗歌

欣赏黄昏的夕阳

每天用诗歌

探求空灵的意境

每天用诗歌

踏着韵律的流畅

每天用诗歌

重组文字的奇思妙想

每天用诗歌

尽享天地之宽阔

每天用诗歌

展望未来的方向

每天用诗歌

遨游在语言的海洋

　　诗歌已成为我生命中不可或缺的一部分！我也是诗歌不可缺少的一份子！我梦想走过的地方，用诗编织的花插上一路，一直通向云天的净土！

目　录

静 日

节 令

怀 友

思 亲

静 日

新诗老词

飘扬的新诗

做着仲夏夜之梦

挥挥手

再别康桥

美丽的白话

让青春

或许更美好

翟永明

用无韵的长诗

行走在富春的山道

左右逢源的穿越

上天入地的飞跃

当下新诗的天骄

我借云顶的夜色

把富春的如意

揽入怀抱

还是摆脱不了

千古的厚重

总免不了要去

贺新郎

念奴娇

太想在沁园春

忆江南

唱水调

你摆脱了

格律的桎梏

在浪漫的空中

自在地翱翔

可我已找不到

吟唱的铿锵

和韵律的逍遥

在流畅之中

还能品味吗

旋律之高妙

2020 年 2 月 16 日，佘山。读翟永明长诗《随黄公望游富春山居图》有感。

记录白云变幻的启示

是谁

用数字的圆圈

安排着天地之间

地球的仰角

四季变换

写下风光无限

又将入

人间四月天

万有引力

量子化学

生物图谱

已不新鲜

数字操控着快递

移动的物理

把垃圾撒满人间

在银河上失望地看到

血流成河

欲望无边

通过莫扎特的五弦

和人类对话

不可思议的乐器

让卡拉扬领衔

人们学会了

用交响乐倾诉

再去感动上天

风似乎难控

常摆脱引力的极限

两朵接吻的白云

又抱作一团

悠悠闲闲

浪漫地挣脱着

冰冷数字的锁链

无聊的模型

让华尔街风光无限

或许不用二十年

灰飞烟灭弹指间

我只用了一点点

华夏诗歌的语言

醉翁之意即在酒

更在青天白云边

2020 年 3 月 12 日中午，佘山高尔夫郡室外游泳池边。
感谢上天。

游 泳

太阳的光
透过屋顶的窗
照亮了泳池的蓝色
灵动的水
将她轻轻摇晃
剔透的影
清清凌凌连着远方
我划开温柔的浮力
把脊柱摊开在水上
手和头向前伸
展开在天然的床
舒卷的心
在享受无形的手掌
我们从水中来
太阳赐给希望
天天地游啊
想要游向何方
迎着太阳吧
顺势流淌

2019 年 6 月 9 日上午于佘山。
在会所游泳有感。

多么需要太阳

我浑浊的双目
终于遇到了朝阳
太阳的光和刚
驱走了病妖和霾瘴
撑起我衰弱的皮囊
化开我闷淤的心脏
一个多月啊
堵塞的头部
是风池被阴风侵蚀
难眠悲恐的黑夜
冬雨浸湿了沪杭
儿子啊
浦东赢球昨晚
青菜牛肉面夜餐
我的话都让你烦
你的睡眠不足
却让我心慌
焦虑在佘山
白发银灰尽染
六十年风雨走完
茫茫长夜独自

海上乱风行船

老父走了十年

回首往事不堪

苦难的失眠

抑郁的湿寒

鼻塞闷

顽疾难

怎么办

怎么办

爱妻身边伴

信我儿定是

情义肝胆好汉

曾想过

年迈应看淡

一切顺自然

山中迎宾客

冬寒避海南

朋友遍天下

情义重如山

2019 年 1 月 17 日，上海保利·西岸。

一个多月的冬日阴雨后，今天终于出了太阳，爱华陪我去上海同仁医院看鼻窦炎，中午临湖素食，晚上在阿玉家晚餐，我为昨晚骂铁蛋而心痛。爸爸昨晚做的青菜牛肉面你吃得一根不剩，爸爸心满意足。

拥抱我的佩奇

脖子上的褶皱

像浸湿后的宣纸

残忍地停留

戊戌年的水

把素食身体

冲得竹竿一样清瘦

多事之秋

又把我的睡眠夺走

可爱的己亥年

你像佩奇一样走来

我要用书法的江水

写出千古风流

我要用诗词之酒

饮到不醉不休

我要用太阳的笑容

抹去狗年的丑

再张开六十年的双臂

拥抱山里的杭州

骑上环绕的车

打起好玩的球

像鲜花一样柔软

化开时光中的魔咒

再用如风的歌

吹走一年的愁

放开你高歌的喉

把行云流水演奏

站在山上

迎着七彩的朝阳

英发雄姿赳赳

2019 年 2 月 4 日除夕，写于富春山居度假酒店。

老 兵

到老了

还留存着战士的激昂

听着国歌

老想笔挺地敬礼

期待着早晨

还有起床号唤醒去操场

梦想着睡前

有熄灯号送我入梦乡

冬夜菜棚里的寒冷

却闪着读书的灯光

严寒数九

飞雪施工

锤声仍在咚咚响

写下血书

想去南国边疆

挥汗如雨

不避酷暑骄阳

青春脸庞

绿色军装

质朴的笑容

红色帽徽领章

走遍海角天涯

四十年风雨沧桑

江山翻天覆地

多少次梦中回营房

己亥猪年正月初二，于富春山居。

装修的彷徨

每个人

都有对空间的梦想

每个孩子

都期望有个自己的窝

可以舒展释放

安心通畅

这里可以看到

你的生活

你的向往

还把追求写在墙上

空间

色彩

灯光

肌理

布局

收藏

每一门

每一窗

你的爱

你的家

你的风水

你的希望

你的生活

你的来往

你的亲情

你的气场

听完外行的评价

想用一把火

烧了这些感伤

想用菜刀

在地板上砍出我的欢畅

反正这一切的意义

都会随时间流淌

玻璃也会变为粉尘

当然啦

这需要五百年时光

音乐的空灵

已经飘在天上

市俗的呐喊

也想地久天长

富春的 SPA

让我有一点舒缓

宝宝的欢笑

召唤了我的梦想

韵律

让文字有了歌的嘹亮

修辞

让诗有了烈酒的激昂

西湖晨曲

随着白云

飘到了富春江上

深思的我

多么希望

宽阔圆融的坚强

去承受装修的彷徨

己亥年正月初二，富春。

昨天，洋洋带着楚涵来到富春给外公拜年，聪明快乐的宝宝啊，给我们带来了多少新年的欢笑！我对装修设计，特别是灯光有自己的见解，不喜欢听不懂行的意见！很不喜欢！

云　烟

几十年之后的我
所有都将被抹去
可能只有诗
能与你对话
我尽情地用双眼
抽取美的极致
让你知道我此时的
所思所想

几十年之后的我
将化为云烟
虽然只是过眼
却也曾经沧海
稍有瞬间
我迷恋南岛的夜空
繁星闪闪漫漫
如长河无限
我陶醉于佘山冬日的太阳
我的茶杯映着白云蓝天

几十年之后

诗仍把我的心照得透亮
折射到雪山上的白云
又映到蔚蓝色的海上
慢慢摇晃
在激流岛的黄昏
你可以看到诗的
神圣之美
我在想

几十年之后
我睡在如意尖上
听着山水清泉响
望那明月松间照
远处有富春江流淌
在云顶的西屋
可以怀抱这些景象

2019 年 2 月 26 日，佘山。

春来常熟

油菜花黄

阳澄湖

沙家浜

世界联合学院

樱花绽放

嘉鹏少年英雄

结此缘

发宏愿

克艰苦

书传奇

今目睹

展宏图

也是文青踏青地

沿湖岸小路

看科技种植

赏竹外桃花

春来走常熟

此地千年崇文

宅有书屋

同学何来

黄白黑皮肤

为团结和平

牵手同行一路

天下八方四海

归到此湖

几何形设计

方圆三角构图

水边筑校屋

仁爱之力无边

恒持终有建树

可贵怀揣梦想

永在征途

更待奇点大学

花落此处

2019 年 3 月 28 日，佘山。

昨天，Laura 牵线安排文青会参观考察常熟 UWC 世界联合学院，感慨感动感谢，以诗记之。

南山祭拜

繁茂的春天
植物熬过了冬眠
暖阳一露笑脸
她就开始了奔放
争奇斗艳
驰骋在田野
梦想飞上蓝天
花草香气的风
撩人拂面
风筝放飞了
遥远的童年
时令嫩芽
要数香椿领先
清明的乡土
梨花无限
涌动的欲望
天下蒸腾一片
携妻儿
上南山
把三老拜上一遍
把驿动的心放空

摆在平衡之间

天佑正直

爱和智慧

将把理想实现

2019 年 4 月 8 日，自杭州返沪途中。

灵　魂

我想用抽象的线

勾勒出灵魂的图

诡异的东西

如何存驻

失魂即无我

飞向何处

断气不循环

承载无基础

量子的探寻

引出我的来处

有空间

无时间

眼不见

光无限

知为何物

忽闻贝老仙逝

乘鹤向西在归途

华人中之杰

留下建筑

巅峰之作无数

如魂永驻

子久亦如此

恒留富春山居图

忘我乃境界

方能植入艺术

2019 年 5 月 17 日上午，在往上海市区的途中写了一半，忽闻贝聿铭先生仙逝，感慨地顺势写下。

流浪的灵魂

我有我的节奏
喜欢行云流水的轻柔
请不要打断我
那会有不安的烦忧
如深夜的钟摆
孤独地沿着清静的河流

我有我的旋律
别制造太大的声响
那么好的听觉
受不了刺耳喧嚣
最喜欢山林的孤独
偶尔清风徐徐
几只轻声细语的啼鸟

我有我的逻辑
需要缓缓地流淌
上到银河去思想
日出薄雾坐望
秋水自然天长
极思到孤独的紧张

也许是我的醉享

己亥十月初九凌晨，佘山。

昨天的生日

又过了一站

生命无常的旅途

因为宇宙浩瀚

让多少夜晚孤独

安静的灵魂

需要一个清美的归处

向东给我的序

把生日的清晨

感动得哭

我要用最美的诗之花

铺撒走过的路

来自嘉兴的祝寿

享受了天伦快乐的中午

铂文的贺卡

写下了他的成熟

冰洋美丽的柿子

含着她心愿的叙述

儿孙们欢闹

为我庆祝

我用东坡肉和饺子

答谢他们的祝福

早上的菜单
已把我的心情列出
寒冷中的温暖
让人备感舒服
用诗做心的出口
周游会平衡自如

2019 年 12 月 30 日早上。

寒冷中的期望

在冬日的风里
我在等春天的光芒
因为太阳对我讲
她再靠近一点
就是另外一番景象
其实我最爱的
是雪晴之后的阳光
蓝天和银白
晶莹剔透明亮
因此大地对我讲
只要给我种子
我会给你无尽的芬芳

2019 年 12 月 27 日，杭州。天有些冷了，但有太阳。

音乐在流淌

我的血液
随着音乐之水流淌
萨尔斯河
岸边的卡拉扬
伏尔塔瓦
思美塔纳
我的黄河长江
随之悠扬
时而忧伤
洪波涌起
旋律激昂
卷起千堆雪
涛声在天外回荡
又掀波浪
奔流远方
一幅流动画卷
轻舟随波向汪洋
把管道中的黏稠涤荡
给我循环的健康
予我韵律起伏的欢畅
我的江河
我的太阳

2019 年 12 月 26 日，享受了我的新音响。

写在圣诞之前

我把诗编织成花

让云捎给蓝天

大美又无言的她

令群山都不说话

再捎一束给太阳

她把黄昏照成了彩霞

自由的火箭

在星空浪迹天涯

寒冬带来的圣诞

用音乐和上帝对话

当灵魂宿于肉体

世上就有了无聊的奢华

冥想吧

我想回家

把波动释放吧

让远方的寂静

给自己好好放个假

2019 年 12 月 21 日，上海佘山。昨晚在会所举办了圣诞晚会。

看"曾经如是"的心路

我在走过的地方
用如花的诗
铺出一条无边的路
从海上向西行
通往高原的遥遥远途
有缘莲花池观戏
戏在看我知否
我不做轻松的看客
要用起伏的心去加入
多么复杂的演出
背后的灵魂
最知甘苦
沉厚思考的胡须
又到文思泉涌
长袖挥洒自如
说是天赋
还是天赋
高原通天的清透
去寻找如梦般的净土
冰山雪莲如晶
彩云天边飞渡

时空环绕偶然

如意不解慈母

多吉天籁诗歌唱吟

超然飘飘若空无

2019 年 12 月 19 日，有感于昨晚上剧场看赖声川老师的戏。

奇妙的缘起上海

清晨告诉我
小鸟已经在示爱
六十年前
我从天上来到
迷人的淮海路
晚上九点钟的上海
从那一刻起
一个思考的生命
把开启我的表佩戴
飞过展览中心
因为你的美
成为我的中心
我因为我
更是展示灵魂的舞台
建筑之美
把所有春秋承载
射灯穿过夜空
要把雨上的云划开
天
常常用雨雪
来清洗历史的尘埃
今晚看"曾经如是"
她邀我去西岸喝茅台

空间在驱动中奔走

时间总向着未来

缘

是无解的安排

情

更深深似海

维桢把绿园的设计

划分得线条精彩

华克兄为我萎缩的肌肉

注入了神奇的肽

重生的细胞啊

让白发变黑

贝多芬来到我家

用雄浑的声音告诉我

大革命的时代

天上一记迅雷飞去

把他的灵魂携带

冬天的迅雷

也和光一样快

金钱在外滩飞动

我从这里乘船

为什么会从这里走

终究还是要归来

2019 年 12 月 18 日早晨，上海佘山。昨天晚上听维桢讲杭州
绿园家的设计；薛老师的大豆肽到了；路过中苏友好大厦，被它
感动了；过几天就是六十一岁生日了，为生日做点什么？

轿厢里的女郎速写

迈入电梯的那一刻
你吸引了我的目光
可以概括为
标致和时尚
突如其来的哈欠
仰头把漂亮的嘴大张
暴露了不幸的上牙床
不习惯洗牙的黄斑
吞掉了所有的美颜
和精致的化妆
午休的狮子片断
让人瞬间联想
只缺一个抬手的遮掩
让养眼的旋律流光
节奏失去了逻辑
虽然已恢复了模样
思想的水还在流淌
明亮的你已出了轿厢

2019 年 8 月 5 日，杭州欧美中心，也是我办公的地方。

三清上画廊黄昏观展

路途遥
过江晚
小山重叠如墨染
回望杭州湾

天欲雪
行路难
画廊人稀更好看
轻曲静静观

玉漏迟
相见欢
夜晚画中声声慢
笑语盈盈还

离别难
更漏残
尉公词画飘温暖
腊月已无寒

戊戌元月，为尉晓榕老师三清上画展题词。

秋夜的躯壳

我是个枯瘦的躯壳

秋夜坐在床端

挂着的小腿

像两根晃动的竹竿

如贾克梅蒂雕塑

走出集中营后的

沧桑斑斑

柠檬色的路灯

亮着几盏安静的光环

我很灰暗

虽然白天的国庆

红旗漫卷

金光灿烂

昨晚的失眠

让我恐惧这夜晚

开窗响

关着闷

怎么办

这浦江边的

保利·西岸

期待着天亮

会有外卖的咖啡早饭

缤纷城

人头攒动

时光里

有素餐

明天依旧是

秋高云白天蓝

2018 年 10 月 1 日晚上，在上海保利·西岸，时光里、缤纷城
是附近的商业中心。

于园枫叶红

寒秋深浓到立冬
于园枫树知叶红
二代万里飞过海
更熟英文说美中
西楼妙手思云老
深圳当年忆邓公
秋去冬来春何在
交织探明待东风

2018 年 11 月 10 日，上海佘山。
昨天在于向东会长家。小戴安娜从美国回来。

穿越——来自西湖的致敬

从无尽的巴黎

走了千年

浪迹天涯

想来听人间词话

看了南宋官窑

饱览了物之华

跳过八卦田

才到南山角下

贾克梅蒂先来了

昂着意大利的高傲

经过真真切切的冲刷

用铜把自己捏成

犀利彻骨的坚毅

守在了光达

莫兰迪站在边上

温润如玉

谦卑地洗尽铅华

森山方的楼梯飞旋

阿利卡在浴室自画

德郎端上了葡萄

点得晶莹剔透

雷蒙马松用立体

大声地多向度传达

巴尔蒂斯的金鱼

已游在了花港

安静地赏花

我陪着黄公从如意尖

来到这里看大家

先生用诗意的长卷

诉说了富春的风雅

贾翁让姑娘们

用极致的宋盏

冲上咖啡

款待东方的大咖

老师用二十四诗品

冲淡了天下

健濂透过竹帘

不断地诉说着感动

把莆田的风景

引到玉皇山如朝霞

敏杰用大海

猛烈地把红尘冲刷

艺术家用谦卑的心

写出高贵和雍华

夜深人静的光达

不同肤色的男人们

在大厅的黑暗中

无声地悄悄对话
西湖的冬月啊
更有吐不尽的芳华

　　2018 年 11 月 19 日，代表文青会写给光达美术馆"无尽的巴黎"展。我想，到了夜晚，我们都离开之后，作品们会在黑暗的大厅里激动地交流。

绽　放

假如世上没有了花
这是一个哲学家
向司徒公的问话
可这是
切切实实的存在
精致的安娜画廊
飘来了
巴黎的家
庭园的花
法兰西的光华
还有宋元的文化
四季的积蓄呀
待到了春暖
看到了渐变的舒曼
听到她张力的劲开
闻到了淡雅的芳香
画下她绽放巅峰的精彩
1970 年的波尔多红酒
来到了君悦水岸
和我们交流
哲学和艺术的观察

在本真与虚无中浮游
灯光舷船和思想
在维港的水中
穿梭不休

2018 年 11 月 29 日上午，香港。

参加圣佐治大厦司徒老师以花为主题的小型画展及君悦晚宴
有感，记之。

夏日北山书屋有感

宝石流霞多异彩

今更有

纯真年代添锦绣

西望湖山八百里

大美不言千万年

享黄昏独自

看西湖春秋

望无边风月

思绪飘飘上蓝天

昔湖滨少女

现在眼前

遥谈宝塔东立

书续前缘

西湖再添佳话

乐为文人守书斋

是以慈悲为怀

爱书纯真不改

自有书屋梦中来

夜夜西湖伴睡

又有香书为枕

挑灯泛舟书海

到江南最美秋色

栖霞满山桂花开

携葛岭金丹

再上初阳台

永远纯真年代

2017年7月5日，在杭州宝石山"纯真年代"书屋，为朱锦绣女士办书屋的事迹所感动。

西藏人像观后

高原的强光和干风
把沟沟坎坎
刻在老者的脸上
把油黑红亮
照在青年的脖颈上
把灰粗干硬
磨在每个人的手上
什么都可以灰暗
唯独眼睛必须清亮
这里通往灵魂深处
这里可以看到西藏
看到天路和远方
看到纯朴和善良
看到疑惑和紧张
看到贫苦和愁绪
也看到坚忍和希望

干裂的土墙
熏烤磨炼抚摸
让陋屋也显得
干净坚强

正适合
盐银底片感光
团团结结的头发
已告诉我
缺水

已是很久的干苦故事
一份感动
一个承诺
已是长长久久
两天备胎
留宿收获更多
老兵驾车万里
征战举相机
从江南水乡
到高原西藏
教授用胶片
做了一条长廊
让云顶和大青谷
也连线到了远方

三十趟往返
四十年求索
大半生观测
为记取瞬间
灵魂深处折印之光

早生华发

独来独往

艺术家是谦卑的

也是高贵的

云顶十六幢

薛家老茶仍留香

何日归来

期待好菜配茅台

2017 年 5 月 23 日，为薛华克老师西藏摄影集《人在高处》
题诗。

致芳华

女兵舞蹈腿姿

娇美修长

高抬舒展轻放

绒花旋律

仍伴绕耳旁

万泉河水

沂蒙山上

想给兵哥洗衣裳

音乐青春留华芳

如水的时光

荡漾流淌

江山自有万年长

已是冬日

遥望南方

山前晨光满地霜

2017 年 12 月 21 日，云顶早上，看电影《芳华》有感。

减字木兰花·庆生崇礼

阴山燕山
崇礼太舞近边关
何似江南
冬日山风彻骨寒

甲子一环
庆生何须闹心烦
滑雪几度
冰山晴日云飞舞

2017年12月30日，昨日是我六十岁生日，携铂文儿在崇礼滑雪有感。

风 景

别了 2019 年的太阳

黄昏的音乐在响

河边钓鱼人已走光

遛狗的朋友来来往往

余下的夕阳

照在顶楼的窗上

静想静想

这是今年最后的太阳

明天又是一番新气象

音乐是神赋予的

让贝多芬把雄浑释放

令阿炳唱出了人间悲凉

让我说说吧

新年的期望

只想过得自在从容

真不想

慌慌张张

匆匆忙忙

有一些时间放空

多一点空间冥想

想多去

山上海上

让放飞的心情

舒缓流畅

我亲爱的太阳

再见到您时

应是 2020 的辉煌

2019 年 12 月 31 日傍晚，杭州悦居河边。

活着，因为太阳

活着多好

早上的太阳

透过树的斜光

又推开幸福的窗

只有啼鸟的宁静

连浪漫的绿叶

都不声不响

深吸一口气想想

新一天的开启

是最好的这样

再把咖啡的味道

打入豆浆

水果沙拉的色彩

可颂的香

要去看看

糊涂的妈妈

挽着她

散步在餐后的路上

提示一下

遥远的家乡

一百个人

会有十万种回望

哪怕只有

仅存的一点记忆

都是一个思想

一个小宇宙的场

思想家多了些什么

逻辑流畅

体系宽广

所有的一切

万物和能量

大美和光彩

黑白和金黄

都要跪拜您

无限的辉煌

感恩活着

感恩太阳

感恩自强不息的希望

冬日的阳光

你美得让我感伤

2019 年 12 月 2 日早上于佘山。

来到布拉格

维也纳早餐的阳光
把孩子的欢乐照亮
你们去克拉根福特
我们直奔布拉格广场
变脸的阵雨拦路
把失落引入魔鬼殿堂
冲刷灰色的天文钟楼
和哲学家的雕像
欧洲之春席卷大地
失控的胡斯永远凝想
伏尔塔瓦河
风光似乎不怎么样
查理大桥的厚重
凝固了已暗淡的辉煌
一九六八年春天的城市
挺起挡住炮口的胸膛
也有左和右的争论
光阴就如水流淌
分出了斯洛伐克
留下的是徘徊和彷徨
更待明日

去寻找历史的光芒

2019 年 6 月 19 日，布拉格。

早餐之后和孩子们分手，他们去克拉根福特参加联合运动会，向导李明开车带我们进入捷克。

神往欧洲

奥航的空中早餐

飞翔吧维也纳

想进到音乐的航程

华递上半根黄瓜

每天的最爱

脆爽凉滑

酸痛的肩颈

逃不出黑暗的魔爪

经络牵动了神经

多想回佘山推拿

都在看电影

天上的故事更大

神秘的欧洲

窗台上的繁花

无聊的古堡

挂着疲倦的油画

有趣的啤酒

咖啡里的套话

流畅的飞行

衬映着红色的优雅

联合运动会

儿子神往的嘉年华
梅雨富阳的山里
有个空蒙自在的家
神往萨尔斯堡吧
看着早上的云霞
坐在湖边
喝着绿茶
抽着雪茄

　　2019 年 6 月 18 日，铂文参加 UWG 运动会，我们自上海乘坐飞机飞往维也纳，我喜欢奥地利航空空乘的红色制服，以此诗记下合逻辑的胡思乱想。

街头速写

激昂的乳房
弹跳的翘臀向上
麦色的皮肤和肩膀
圆规般的秀腿修长
优雅的细烟
飘出迷人的香
亚麻质的发丝
衬托出尖瘦的脸庞
自在的眼神
看长杯中的香槟
淡淡微黄

2019 年 6 月 24 日，维也纳步行街速写。

宿湖边

今宿圣沃尔夫冈

推开露台双层窗

半轮山映景

一骑轻舟千重浪

划开蓝色湖光

白发小艇独自

九时太阳照金黄

洗尘需美酒

日行四百里路长

岸边树下德语响

外国人酒后聊欢畅

入夜仰首看繁星

照隔岸灯火

微微细亮

天高家乡远

遥遥相望

2019 年 6 月 24 日夜晚，湖边露台。

湖山的表达

我想用宋词的

婉约

抑扬

顿挫

铿锵

描绘圣沃尔夫冈

让音乐之声

带着森林的气息

在绿色的山谷中

回荡

阿尔卑斯山

把积雪的头高昂

翡翠色的湖水

宝石般的光芒

日耳曼的蚊子

强壮执着而且肥胖

欧洲油画的重彩

更能表达湖区的思想

2019 年 6 月 25 日，圣沃尔夫冈湖边蓝德豪斯酒店。

沉醉与思索

我还沉醉在圣沃尔夫冈

又到了莫扎特的故乡

看着萨尔斯河边

永远指挥着的卡拉扬

盛产音乐家的风水

有一股清流汹涌激荡

绕梁的旋律

永远在山谷间回响

上到鹰巢

时间抹不去历史的悲伤

民族文化的辉煌

怎么压不住极端的疯狂

无尽地思索

不能永远迷茫

2019 年 6 月 26 日，今天独自步行登上萨尔斯堡之后上鹰巢，难忘的湖边啤酒手风琴晚餐过后，夜宿附近的凯宾斯基酒店。

乘着新年的风

飞过香港

来到马来

看到大海

时光隧道

告诉了我这里的

过去和现在

南洋也有孤独

曾经也躺在

郑和的胸怀

莱特用钱币

轰出了一个乔治敦

华人下南洋

走过了一代又一代

升旗山的黄昏

诉说着英国人的风采

四教相安无事

三色人和处同在

重要的是

让心灵找到了

自由

轻松

奔放

激昂

舒展

自在

看到了激流岛的夕阳

和轻井泽的松快

槟城

槟榔

榴莲

留恋

忘返

再来

2019 年 2 月 14 日槟城新年，农历猪年正月十一日，槟城飞回香港途中。我们正月初三到槟城，住了一周，给我留下美好的回忆。

己亥深秋的乌镇

我们的车
随着十月的秋水
轻轻地流到了西栅
到沈家戏院
喝上一杯很文艺的茶
走入闪动的夜色
忘不了岸边的步步莲花
锦岸私房的乌酒
映衬着流动的似水年华
多少天的期盼
今晚终于穿越了
奇妙的《幺幺洞捌》
还想遇到一下
照红乌镇的闪亮青霞
中午要吃碗长寿面
三岁生日的宝宝最大

2019 年 10 月 30 日，作于乌镇西栅盛庭酒店早餐时，今天是
楚涵宝宝三周岁生日。中午之后在赖导家遇见了林青霞和《幺幺
洞捌》剧组全体演员。

观后和眼福

听完赖导和角们

对《幺幺洞捌》的解读

似乎触摸到了

乌镇浓浓的厚度

子夜的水中

沉淀着茅盾的感悟

西栅秋后的雨雪

有着木心对美的描述

昨晚领略的是

神秘奇妙的拼图

我清晰地区分着

1943 和 2019 的

相同和不同之处

我知道戏中的桂香

有否连着西溪的柿树

听见了什么

在虹口的杨树浦

老厂房神秘回荡着

1936 的音符

在沈家戏园

遇见了青霞和剧组

永远的女神啊

如梦一般的眼福

2019 年 10 月 30 日黄昏，乌镇行馆盛庭酒店。

西栅日记

好戏终觉短
流水摇轻船
白墙映青霞
乌镇江南岸
沈家戏园好
佳人才子欢
古桥听小剧
青春天地宽
文艺爱清水
繁茂生河畔
子夜照青石
人静知秋寒

2019 年 10 月 31 日早晨，乌镇行馆盛庭酒店。

每年的金秋，我们都会兴致勃勃地来到乌镇戏剧节，享受这里的文青嘉年华。

十月的回望

多么想摘下

淼庐前的星月

一口气把水边的长云

吹到我杭州的南窗

饮下了都江堰

分水的岷江

火锅的椒麻味

浓郁醉人的欢畅

用青城山的泉水

泡出龙井的淡雅清香

在不起秋风的草堂

把西岭雪山

和黄鹂翠柳品赏

乌镇的如梦之梦

还恍惚在西栅水乡

码头上的青年

穿着闪亮的衣裳

独自迎风高唱

轻轻摇着橹

又回到了佘山水边

高尔夫冠军赛球场

为一粒小白球飞翔
又沉浸在橘色的秋光
可爱的儿孙们
都降生在十月
享不尽丰硕的金黄

2019 年 11 月 2 日下午，佘山高尔夫郡。

青玉案·云顶雪

一夜飘白封山路

江南雪

压枝树

银梢霜松低头素

五更风寒

无见飞鸟

破晓莺啼早

沉鱼落雁古筝处

闭月羞花凤箫孤

独自暖屋听寒露

窗外远目

无问西东

仰望云尖雾

2018 年 1 月 26 日，云顶晨观如意尖雪景，听国色民乐。

青玉案·云山观雪

夜吹天雪封山路，
腊月雪，
压枝树。
竹老松白妆抹素。
云峰飞絮，
群山银舞。
晓破莺啼促。

沉鱼落雁琴筝处。
闭月羞花凤箫故。
独自还屋听雪露。
峦叠南北，
凭窗远目。
遥望云尖雾。

2018年1月26日，丁酉腊月初十新海作于云山。
上一首是我的原作，这一首是战友王继兵给我修改的。改得好，两首都放上，也是一个故事。

云顶三月三

阳春当午
峰林翠吐
独步登山孤
遥望叠峦千重树
醉享云天路

靠山吃山
翠绿素餐
白云天净蓝
阳春午后青色浓
如意莺啼欢

2018 年 4 月 18 日，农历三月三独自享受云顶的阳春晴日登山
和露台午餐。

云顶春展

绿蔓青枝

青枝绿蔓

沙龙春季展

风抚绿林翻翠浪

日照青叶焕油光

焰军印吉玉峰

恒立花静子芸

才子佳人妙笔

笔架云间远山

如意夕照映墙

农家红酒欢笑

人生得意如此

春浓更乐其中

2018年5月13日清晨，忆昨日云顶沙龙春展，名曰"青枝绿蔓"，参展画家有陈焰、赵军、林印吉、马静、亓玉峰、王子芸、王恒立、何花，乐其策展，美名都在诗中。

轻井泽之夏

轻井泽的威士忌
就着盛夏的山色
和黄昏雨的气息
透明的冰块
把我们带入了清凉
久违了
山雨的清气
和川上庵豆腐的味道
夜雨后的云和月
和云顶一样清高
沿着水声和轻雾
又走到了星野温泉
两个少年
和我一起
重温轻井泽的从前

2018 年 7 月 20 日，和家人好友到日本轻井泽避暑。2015 年 1
月，曾和家人到此滑雪。两个少年是指童童和铁蛋。

轻井泽之旅二

音乐的瀑布

从千住博的笔尖流下

冰咖啡微苦

黄昏的提琴如飞霞

视觉和听觉齐发

感动之酒醉了我

还不知是真是假

博物馆之旅

也是轻井泽之夏

玩具在馆中

木偶和花树清凉

宝宝好心情

在木枝上来回种上花

熟悉了的星野温泉

每晚在月亮下

洗涤着冬雪和盛夏

车站边奥特莱斯最大

还在等着吉吉和爱华

2018 年 7 月 22 日，于轻井泽火车站候车室。昨天上午带楚涵
宝宝去了玩具博物馆，下午去了千住博美术馆，连续三个晚上泡
温泉。今天返回东京。

亭

山行数里

多有一亭

夏日林荫

人入为停

独爱暑天登山顶

望湖山

立岩艇

栖霞岭

无人行

小息入亭

静坐微风蝉鸣

走走停停

行行息息有序

汗透彻骨松筋

2018 年 8 月 19 日早上，于杭州栖霞岭。

淼庐云雪月

飞来玉龙千秋雪

坐看淼庐云月天

群贤毕至会当下

曲水流觞围炉前

美酒高论信步闲

户外风光透木帘

高原更接天外事

玉湖风月也无边

2018 年 10 月 26 日，于丽江玉湖村淼庐。每年的淼庐论坛，是我神往的地方。我已来了七届，孩子们也都跟着长大了。

云醉美

云之下

地之南

淼庐水

雪山来

八方宾客

围炉尽欢

钟声如古刹清远

智辩有精彩无限

一骑飞驰洱海边

玉壶光转有遗篇

云醉美

把红酒

大救驾

看故友

芒果鱼

吉他伴

借夫妻大树

宿古榕会馆

赏苍山明月

看洱海云幽

淼庐余音仍绕梁

多想水前再远眺

风吹草低长云晓

走马婚纱依旧照

2018 年 10 月 29 日，大理古榕会馆晨晓。

我们从丽江来到大理，陈业带我们来到云醉美餐厅。云醉美是老街上一间由法国回来的上海画家开的餐厅。芒果鱼形似芒果，产自怒江，爱华甚爱。大救驾是永历皇帝被吴三桂穷追时御题的一道招牌菜，内容是年糕炒蛋。很想淼庐！

再见 十月

别了
大理
带着
洱海苍山
风花雪月
蒙古人的雄心
蓝英的豪迈
云醉美的酒菜
上关斜街
缅甸茶膏
古城金秋的柿子
和留胡子的陈业

别了
淼庐
带着
水台中的美景
炉边的亲切
可爱的激辩
玉龙雪山的秋月夜
高原红的纯朴

已消失的地平线
粑粑和爸爸
诗意伴着禅意
白色的钟声
随黑长裙缓缓飘远

别了
乌镇
也是在十月
戏剧节
长街宴
莲花咖啡
才子佳人
枕水人家
错过"风尘三侠"
还想着"子夜"
又错过了"茶馆"
要等到冬雪
就着茅台慢慢饮
似水流年

别了
十月三
带着世纪公园
草坪上的金色
长云走在蓝天

色拉的玻璃盆
和欢快的麻球
最爱冰干白和奶酪片
带着人民公园
在南京路边
秋夜的桂花
伴佛学意境高远

别了
汇丰杯
带着红色的佘山
七彩的斑斓
帐篷里的咖啡
没有签名的遗憾
楼船夜雪
重拾书法
铁马秋风
秀石兰花
挥杆弄笔有何难

别了
保利·西岸
带着节日的秋色
失眠的夜晚
对朝霞的期盼
时光里

太阳照常升起

天天阳光灿烂

已习惯了

福花咖啡

临湖素餐

从蘑菇教育

一直走到后滩

我幸福的孩子们

都生在十月

带着金秋的光环

下周立冬

接着就是小雪

大雪冬至和圣诞

……

2018 年 11 月 1 日，佘山。

书法上讲写好"楼船夜雪铁马秋风"这八个繁体字，其他的字就容易写了。洋洋生在十月七日，铂文二十八日，楚涵三十日。国庆长假，铂文在蘑菇教育学托福，我们住在上海保利·西岸。本诗是十月的生活记录。

天上的期盼

鸟瞰雄浑江山

抬头金光灿烂

大地方圆无边宽

命中注定江南岸

飘忽白云飞渡漫

秋冬万里维港湾

晨早浓雾即起

上海一日返还

何日铂文安静

自强恒心攻关

2018年11月28日，上海飞港航班上眺望窗外大雾有感。我儿铂文不久定会觉悟。

富阳登山遇雨

独行云顶山中雨

痛享林间天水流

峰影奇幻迷人眼

倾盆浇透更无忧

绘笔影记皆难绣

唯有拥入心遨游

何日美酒摆天台

群山映伴一醉休

2017 年 7 月 11 日

再赞秋山幽明

到傍晚

秋冬夜

绵绵长山延延

幽幽月明圆圆

云顶沙龙温暖

同学兴致空前

画画如曲

曲曲如屏

月悬东山

照如意尖空灵

小雪霜溪冷

大岭月照清

幽明秋山悠远

寒夜安逸静闲

酒宴曲终人散

月入画廊间

2017 年 12 月 4 日，上海佘山，观云顶沙龙"秋山幽明"画展有感。

又近冬至

小雪大雪留不住
又待冬至将迎
正是西风落叶时
满地红黄铺饰
也是干干净净
最正是银杏
不在绿园
又下佘山
能不忆云顶
漫山飘雪终有期
还有几重节庆

2017 年 12 月 11 日，佘山

节 令

春　分

春分今又是
江南最我知
小坐孤山雨
满眼嫩绿诗

2019 年 3 月 21 日，春分于孤山小坐观西湖雨。

谷雨春山

谷雨的山

翠色叠峦

绘出春天的丰满

有高耸的乳房

丰腴的呼吸

充满着召唤

时而如

反躬的翘臀

迷人性感

她也有健美的肌肉

起起伏伏

更有弯曲的线条

舒舒缓缓

清风

喜欢抚摸她的

秀发和躯干

她晨光下的清丽

最显悠然

雨的滋润

让她出浴后

微风飘逸

如烟云梦幻

2019 年 4 月 18 日，谷雨云顶。

立秋后的江湖

驾着白云的翅膀

飞到立秋后的微凉

末暑老虎的劲道

已扇不起今天的太阳

线上的孩子们

已隐约听到集结号响

补课的金钱

应该流向学堂

时差搅乱了思想

精明又混沌的家长

登顶天天眼放

夏日湖光

今来古往

什么货色都想当

西湖的风流倜傥

铁骨铮铮

唯有岳王

我们的江湖

明剑易躲

暗枪难防

待七十华诞

享国庆重阳

如何安宁啊

川流不息的香江

2019 年 8 月 16 日中午，宝石山上。

腊月灯火

黄昏炊烟下
独自登栖霞
湖山八百里
灯火十万家
户户分岁酒
家家迎春华
又近除夕夜
腊月二十八

己亥腊月二十八黄昏，于栖霞岭骆驼峰上。

冬至的厨房

浸润了热闹的现场
剁板声忙
一派过年景象
欢乐沸腾的饺子
用雾气蒙了窗
酒蒜胡椒葱姜
加入了红烧肉的香
功夫化成了美食
赞不绝口的褒奖
孩子们快速成长
每个节日都要欢畅
享受和情义
最值得珍惜的时光

2019 年 12 月 22 日己亥冬至，上海佘山。

冬至的早上

先把睡醒的诗记下
远方的孩子
思念就像夜晚的花
孤独宁静牵挂
真实素雅
十七岁了
和我们不多话
下厨吧
今天就用饺子来表达
会做些美味
让你知道一点爸爸的手艺
小孩是从餐桌上
去感受一个家

己亥冬至，上海佘山。昨晚看到广圣从英国回来，和铂文一起玩，想到……

春 分

惊蛰东京酒未散

春分云顶又登山

青山看我旧相识

如意不言顶上观

独步放声唤翠谷

溪水轻潺望云端

清明谷雨忙茶事

春江水暖醉江南

2018 年 3 月 21 日，于云顶，登山观如意尖之后看到茶农们已开始采茶。下午薛华克老师送来青铜器，如此重礼实不敢当！

清平乐·春风

青衣白裤

少女翩翩舞

扭胯球姿划圆弧

绿草映照春树

暖风红花杨柳

金光白沙飞扬

清铃欢声一路

风华少年双双

2017年4月3日，为Lucy和铂文在佘山高尔夫沙坑击球题照而作。

清明龙井

狮峰清明弄茶忙

龙井寒食早春光

团团葱葱叠叠绿

青青嫩嫩芽芽黄

2017 年 4 月 1 日，杭州。

秋分·泰康

今日秋分微雨寒

秋季已过半

老母入住泰康

福到吉顺宽坦

不是平分秋色

最美秋光后半段

刚看天池宝石蓝

秋雨回江南

独自一炷香

祈母平安

老娘在家常碎烦

今夜门窗无人管

晚来清凉孤单

又想白日里

申园十九楼温暖

笑脸慈爱团团

何来情义如山

为人民服务使然

再迎中秋重阳

菊桂金黄灿灿

2017年9月23日，今日秋分，母亲入住泰康申园1922房，护士们无微不至的爱心护理让我们感动、放心、安心！她们胸前都别着"为人民服务"的胸章。爱华送铂文踢足球去了，晚饭后我独自在家。

怀友

端午忆于宁

又近六一
本应是儿童欢笑
望北方
大哥渐行渐遥
年年聚杭州
你我饮茅台欢闹
而今都已是回忆
老于仍在路上
走了一年不见来
恍恍惚惚
让人怎能相信

肩胸肌肉雄伟
堂堂笑面宽阔
北大莘莘学子
三十八军曾记否
老弟都以你为荣
怎能不说就走
翻微信
听留言语音
又见音容笑貌

不肯删去

只为怀旧

今逢端午

浙江兄弟们

佳节祝愿依然

二十年前三峡船

你我乘风上秭归

也是屈原故里

再饮一杯酒

终会再同游江南

丁酉端午，上海佘山。

深情怀念去年逝去的好友于宁先生。他生前曾连任两届中国律协主席，我们有着三十年的深厚友谊，为此心痛不已。

佘山婚礼

忆昨日婚典

一夜无眠

宇坤马萨盛邀

草坪婚礼四月天

不同肤发色青年

俊靓养眼

八方宾客真诚

最见主人好人缘

入夜再开席

一曲《映山红》当先

共鸣震响

阿姨白发飘飘

中外群英多才艺

晚宴美姿舞翩跹

歌喉展唱心意

激情四射无限

各路千万里

热血一腔传祝愿

2019年5月19日早晨，昨晚宇坤马萨的异国婚礼是我见过的最有激情也最真实自然的婚宴。

因为他们的真诚善良美好以诗记之。

别样的元宵

青浦金泽

绿水好鱼虾

金猪驮宝

文青一大家

独缺会长

拔钉请假

遗憾了长袍马褂

传统手艺

似水年华

上师写从容

坛城飞彩霞

批判的爱戴

出色的抵抗成佳话

引出了

心灵的搁浅

因为世俗的异化

对决思想史巅峰

续写学界传奇

有小枫国华

普及负典

灵知沉沦

遥远的天外

沉默的空间

永恒无限

天国之景

映入眼帘

欢喜了大家

抬手一杯茶

己亥猪年正月十四日嘉兴开会返沪途中。昨日，黛安娜组织去金泽工艺社欢度元宵。向东缺席让大家若有所失，决定上67号找会长。观赏也欢喜，批判也欢闹。

醉扬州

垂柳瓜洲江南绿

广陵三月看战友

也是西湖别样瘦

船娘轻摇半日游

青春马厩风雪夜

也曾此处玩篮球

四十余年忆从前

兵心未改鬓霜秋

警通滁县到彭城

朝庚泪滚狮子楼

正金老彪无所求

富春包子茶代酒

正午佛光平山堂

季兄绕湖醉扬州

2019 年 4 月 12 日，上海去绍兴的动车上。

前天携爱华至扬州看战友，一日游，情未休，富春茶社狮子楼。震林、建国、朝庚、银彪、宁庆、正金、德祥、永亮烟花三月再聚首。四十二年已太久，多少往事到心头。

悦府夜宴成都看故友感怀

离别思淼庐
入川飞双流
食在锦官城
麻辣鲜香勾
蜀地多英杰
深思敬武侯
故友三十年
相拥浣花秋

2019年10月15日，昨日于丽江淼庐返回，今晨飞四川。
老友欧阳泽华入川任职三年，邀我多次，今终于成行。

司徒老师敬赞

滑疑之耀

今光耀光达

珍贵的

光之真致

光之朴实

光之神圣

光之高远

光之矛盾

光之醇厚

和光之豪奢

如盛宴之展

尽现光华

古趣意境佳话

司空二十四诗品

东方的精深博大

具象与表现交错

美食与美术同达

神秘偏堂斜照

山关雄浑

天水冲淡

哲思深邃

古趣悠然

奇现花之绽放

瓷瓶与器具

悄然无声入画

将极致之美收藏

教授中的教授

描绘历史的通透

画家中的画家

画出哲学的清嘉

杭城三十载

喜吟赏烟霞

候鸟飞西东

迷桂子秋花

湖山因您增色

华发绕堤沙

2019 年 11 月 12 日，为司徒立老师在杭州光达美术馆个展题诗。

听黄师讲座看"残念"画展又偶遇乐其诗记

冬日湖边剩枯荷
夏莲十里映天歌
一展残念新天地
更有教授说渊博
腾辉天赋传奇多
宝岛飞来带绝活
上海虽大天地小
偶遇乐其知如何

2019 年 12 月 14 日，在上海新天地看台湾画家黄腾辉先生画展，黄文叡老师主持。后偶遇王乐其一家。

大雪沙龙的光

江南的大雪
却照耀着晴朗的金光
擦肩而过的姑娘
散发着浴后的发香
我迎着树和太阳
走出松江
走向云顶
走往山上
走着灿烂
让歌声挺起胸腔
环山的沙龙
透过薄薄的窗纱开讲
年轻的老师
把画带出了课堂
美院的工资不够花
但依然在穿越和回望
晓明和许群的质朴
让感动的美从天而降
知道大家有些迷茫
你亲眼所见的
未必就是真相

随着环境和眼睛的变化

它在变幻着内涵和方向

观察啊

现象

还是要有诗和远方

2019 年 12 月 8 日，上海。

记昨天大雪节气在云顶沙龙的"回望与穿越"讨论。

包校十年庆

包公天降重抖擞
瑞吉飞雪庆十载
兴学育人雄心起
舟山锣鼓鸿运开
培姐七旬披重彩
婀娜多姿亮舞台
今有理想多壮志
明日中国汇英才
铂文有缘回上海
感恩文殊领路来

2018 年 1 月 27 日，腊月十一风雪夜，作于包玉刚基金会在静安瑞吉酒店庆祝包校十周年校庆的晚宴后。

战友师生云顶

四十二年战友情
六旬云顶春山青
龙井新茶晓明来
如意黄昏论古今
凭栏仰望多绿色
清明时令百蔬新
师生齐声唤美景
夜幕叠峦幻奇境

2018年4月3日，章晓明、王乐其、王敏杰、老朴、盛琦、小鲍来云顶家中做客，谈史论画，师生同乐，战友叙情，又恰逢盛琦新婚，不亦乐乎！

英伦摘珠

　　靓影轻闪旋黑池

　　佳音飞传到浦江

　　谁能皇冠摘明珠

　　第一乐章属回向

　　文青女中多豪杰

　　英伦一搏更流芳

　　天下至尊有关太

　　何日归来饮琼浆

　　2018 年 5 月 27 日，喜闻文青会黛安娜荣获英国黑池世界国标舞大赛冠军，写于台州回杭高铁上。

富春意酒法餐

芒种富春微雨来
烟波随风夏苗栽
球会花间四杯酒
白红意酿法餐开
西厨球场出新菜
果岭春色盘中摆
罗马难认巴黎厨
今夜无人不开怀

2018 年 6 月 14 日，戊戌芒种，在富春高尔夫会所，徐旻安排了法国厨师、意大利酒，两个美食王国的美味碰撞了。

佘山角里

烟笼佘山

雨雾江南

远岸来客

乡村午餐

孟慈携子来游

时令当饮米酒

国贤国兴

楷模优秀

四小文青同往

看朱家角青波

观放生桥迷漫

挺拔修长

青春灿烂

又一方美景

角里三家同游欢

忽来昨夜西风起

梅西 C 罗没戏

姆巴佩

飞驰疾

演传奇

一代少年英雄立

细品昨日记忆

2018 年 7 月 1 日。昨天，Carina 携二子来佘山做客，我们和向东一家在乡村俱乐部宴请嘉宾，之后驾车游朱家角，铂文、Lucy 同往，四个长腿少年，不亦乐乎！

国庆秋色金风

今晨早起欲挥杆

于徐关李天马山

金风秋色飘垂柳

飞球击鸟入云端

昨日元宝好主意

五户文青草坪餐

席地仰天观长云

世纪公园高天蓝

艳阳美酒美人颜

帐篷佳肴贸易战

不听天边沉雷滚

亲朋切磋尽余欢

2018 年 10 月 4 日，记文青会国庆活动。

菩萨蛮·见校长

凯文万里飞沪上

文青一行巡松江

秋冬复斜阳

佘山金叶香

播种看未来

明灯照希望

真善美培育

男儿当自强

2018 年 10 月 14 日，佘山早上。

昨天，Stevenson School 的 Kevin 校长来松江考察西外并来佘山小聚，与铂文交谈的场景如此美好，让我感动！客人走后，文青们又到家饮茶，相谈甚欢。

良 宵

昨夜月正圆

美酒伴欢言

谈笑间

又把天下周游

英伦民宿

女主人和男友

还有

香熏和音乐悠悠

向往啊槟城

美食和文化无忧

阿姨艳遇了日本

大理崇圣寺三塔

千年依旧

还有陈业说马未都

西园寺公一

书法左右手

冯友兰冷眼看着

我们畅饮和诉求

颜元固执地

站在枫树旁寻秋

宽宽发现了蒙古

我的思想已有点陈旧
盛琦冬至
云顶画展风流
应该去看看了
心爱的杭州

2018 年 11 月 25 日，佘山。
　　昨晚，小红一家四口和我们共度良宵，共进晚餐，我把神聊
的内容以诗记之。

戊戌回望

一桌故友
两瓶好酒
岁末团聚
多少期盼
回首灰暗感叹
话道戊戌年关
杯中的酒啊
舒解开忧伤
抹去点惊慌
冲淡些悲凉
引出了歌的豪放

冬风
吹走了春的衣裳
我把灵魂
舒卷到云上
随风飘扬
俯瞰西藏的雄浑
遥看南中国海疆
让洒脱的血液
自然地流淌

中国节气的小雪
轻轻缓缓
飘落在柏林
向关爷敬安
就在昨晚
他奇扬的名传
帅气潇洒地写完
建军和建荣
我不老的战友
也同去做伴
一切终将风吹散
相约天堂夕阳晚

在狗年的市场
放出了黑血的伤
身体才避开了灾荒
不敢乱动
站在一旁
看着巨轮的方向
一片汪洋
知向何方
饮下红白琼浆
与李杜对话张狂
穿越古今时尚
续写当代篇章
常常飘飘荡荡

洋洋洒洒长长

2018 年 12 月 20 日晚，绿园。建军和建荣两个比我年轻的战友，也在这一个月中离去了，这个冬天太冷了！

特务连会钟山

琅琊山边东营房
灰砖灰瓦绿军装
滁县风雪迷漫处
抡锤汗雨修靶场
卧雪瞄靶有虚光
滴墨缺口冲锋枪
半日挑水两百担
风雨窝棚地瓜香
尖兵带路走千里
移师拉练往北上

三十八年已过往
会聚钟山忆故乡
自古彭城到九州
龙争虎斗美名扬
纪念塔下南营房
后山窝边策马缰
马厩读书滋味浓
四毛五分菜根香
感怀奔泪多少事
苦练青春当自强

2017年3月21日于南京，我们105团特务连战友聚会诗记。

"秋山幽明"赞

秋山幽明云顶间

沙龙秋冬聚群贤

小雪时节今又是

顶楼西望如意尖

昨晚山月照窗前

遥想今夕是何年

青年才俊多意气

画家兴致更空前

2017年11月2日，写于春秋战国高尔夫比赛。

"秋山幽明"是此次云顶画展名，王乐其老师命名，王敏杰老师题书。这让云顶的深秋多么有诗意！

得海粟老黄山云海图诗赞

海老仙名

无为沧海一粟

西冷秋拍

赐我黄山云海图

知我独爱山

十上莲花摘天珠

如意通新安

何日再上天都

黄昏西望

猴子观海

飘飘欲仙拨云雾

手握竹竿

自有仙人指路

峰峰有奇观

仙人晒靴逢正午

如似仙境

梦笔生花群峰麓

大师洋洋洒洒

神来泼墨自如

跪拜粟翁观沧海

登高再望太平湖

天赐云海图

缘我常在山边宿

2017 年 12 月 26 日，喜获黄山云海图感怀。

思 亲

宝宝来上海

宝宝楚涵

像是温柔的小太阳

让我充满着

对六一节的期望

圆圆白白的脸庞

微笑地飞翔

来到了松江

照亮外公的客厅

多么像是

第一次去海南的洋洋

站在桌上

张开臂膀

放飞多少梦想

眼里闪着童真的光

在泰康之家

和太奶奶四世同堂

会所的儿童室

你快活地忙

小舅舅万豪复习

我们吃完了"楼上"

外公开车送你还

一路愉快地想

何时再来呀

让心飞扬

2019 年 6 月 3 日返沪汽车上。

回 家

——写给我儿铂文

昨晚近饭点

圆月佘山边

沿林荫新路

石门老藤森严

冬寒深吸负氧

顿感清凉

爸爸回杭四天

将新年打点拜访

礼物红包海鲜

市井人间

情趣生机无限

上午甬江克夫二兄

说地谈天

遥想杭半城当年

指点江山有遗篇

下午干休所

送《水墨情缘》

荣誉室久伫

看满墙英烈

我的叔叔伯伯们啊

你爷爷也在中间

多么熟悉的面容

跪拜前辈老照片

回家真好

冬枝映月文人画

庭院深深大花园

会所蒸汽绵绵

妈妈给爸爸

点香熏暖灯加湿

一夜深睡到五点

起身披衣

记下昨日

生活如诗篇

2019年1月23日，凌晨五点的佘山。

《水墨情缘》是爷爷的书画集；干休所荣誉室的本所老干部荣誉事迹展上的照片，有许多我熟悉的伯伯叔叔，过雪山草地、平型关大捷、孟良崮战役、解放南京、战上海、解放一江山岛、抗美援朝……都有他们的身影。孙同盛、白崇善、傅抗庭、马义祖，还有你的爷爷……他们中的大部分都已不在了。

新年红宝宝

宝宝拜外公
在大年初一的早上
来到红火的富春
走进结彩的大堂
楚涵说的话
已有了逻辑的主张
聪明的神态
无时不在幻想
小手按响门铃
升起早晨的太阳
我期待地张开胸怀
拥抱醉人的欢畅
你给了我一个专利
专号巴克队长
最喜欢和外公
来回地捉迷藏
像剥了壳的鸡蛋
白白净净的圆脸庞
穿着过年的红衣裳
喜气洋洋
摇摇晃晃

着迷于湖廊居外的白鹅

嘎嘎地叫响

小鸭子潜在水中

捉鱼穿翔

自命是呱唧

海萝卜伴在身旁

外公为你喝彩

宝宝真心很棒

新年多美好

难忘欢乐时光

2019 年 2 月 5 日，腊月三十清晨于杭州绿园。

己亥猪年正月初一上午，洋洋带宝宝来富春山居和外公一起过新年，住了一个晚上，给我们带来了无尽的欢乐！她叫 Jessie，是海萝卜。巴克队长、呱唧都是动画片《海底小纵队》里的人物。

儿子的肌肉

年年中秋后
你生日的时候
我都要在墙上
丈量你的个头
刻上尺度
想把今天留住
小学的光阴
每个清晨
我们迎着太阳
一根黄瓜在手
骑车游走
送你到求是校门口
小可爱的背影
成了永远的镜头
每个周一放学
你和同学
等我带着打篮球
欢喜和期待的眼神
班主任羡慕不休
这已是过去的时候
不久不久

或有门前水倒流

年复一年

日子真快

也是很久

到上海

进包校

入校队

成高手

一米八四

与我齐头

弹跳争抢

篮筐上拼斗

矫健挺拔

四肢结实

青春的肌肉

衰老的爸

已不是你的对手

现在改打乒乓球

让飘逸成为享受

速度尚可

力量不够

偶尔高尔夫

技巧小球

今逢五四恰百年

浓绿黄金周

春风花草香

拥堵迢迢不宜游

午后吉他新课

老师引领善诱

首作词曲激昂

流畅一挥而就

唱响篮球梦

挥汗抢断运球

还有篮下勾手

得分的喜悦

潇洒仰首一投

追求追求

儿天天青春向上

人老独自清静时

偶有担忧

三年后远走

渡重洋

五大洲

不知如何

或上海

或杭州

你的房间

原样保留

只怕那

往事历历

引无限思愁

有道是

诗念更多怀旧

更应要

自如的节奏

工作

打球

聚好友

饮茶酒

携游五洲

用诗书记下

飘逸抽象

流畅自由

文思泉涌时的

喋喋不休

2019 年 5 月 4 日

空书赞

云南山中出英杰

新春楹联红日开

滇黔支队行千里

朝鲜抗美飞天外

一江山岛天地海

北京长空阅兵来

展翅领航三十年

戎马生涯六十载

有缘杭州西湖水

大写青山多情怀

不耕砚田无乐事

左右隶草醉书台

2018 年 6 月 1 日，写在北京返沪高铁上。

父亲 12 岁就在云南宣威老家的村子里帮乡亲们写春联，17 岁参军加入解放军滇黔支队，20 岁在朝鲜上空与美军空战，1953 年志愿军归国阅兵时驾机飞过天安门上空，之后参加了一江山岛战役（这是我军首次陆海空协同作战），之后来到杭州笕桥。飞行生涯三十年，空中领航是他的老本行。在书法造诣上，父亲可以达到左手写隶楷、右手写行草的境界！他常常喜欢独自用手在空中写字，这叫空书。"不耕砚田无乐事"就是他自己的诗句。如此精彩生涯，儿子以诗咏之。

云顶忆老父

富阳杭城三十里，
同一夜空月相牵。
湖山冬月花千树，
云顶风寒星满天。
祖孙三代曾聚首，
书画飞行绘新篇。
寻求空灵之境界，
唯有群山托胸间。
昔日云南山中娃，
机翼湖面拍浪花。
滇黔纵队奔战场，
东北航校传佳话。
朝鲜上空多鬼怪，
佩刀耀武挥魔爪。
华夏子孙多俊杰，
横刀立马书芳华。
鹰击长空九万里，
风驰电掣震云霞。
日日巡天观沧海，
空勤美食口福佳。
一心挥毫耕墨田，

年过半百已解甲。
西湖山水无穷尽，
笔墨春秋半生涯。
飞过长空几万里，
留得书画照大家。

2017 年 2 月 24 日

沁园春·南京

大姨寿辰

九十有三

如仙如幻

咖啡还温热

已到钟山

逸仙小学

梅园雍园

新街汉府

童年又还

玄武湖边紫金山

雨花石

板桥红星灿

青春烂漫

再忆百年金陵

望长江虎踞龙盘

有亡国旧恨

民国时代

富贵红山

江东门外

秦淮水寒

莫愁湖畔
滔滔江水滚滚来
天文台
看江南烟雨
多少情怀

戊戌农历四月二十一日，乘高铁赴宁看大姨，年年今日如此。
过去都带上妈妈一起到金陵饭店住上一夜，喝杯祝寿酒。但如今
人老了，多不便。和李明走过熟悉的梅园，联想到在这里上逸仙
桥小学和在板桥通信训练大队学习的场景，感慨万千！

祝母亲八十大寿

又是香宫四一六
十年一聚母做寿
此屋依然旧模样
独缺老父人已走
新添楚涵宝宝柔
轻轻碰碰外公头
老母八十宝六月
四世同堂红寿酒
福如东海长流水
寿比南山不老松

2017年5月1日。农历四月十六是妈妈的生日，十年前的今天，我们也是在杭州香格里拉香宫给妈妈做七十大寿。那时爸爸还在，情景历历在目。

儿子赴美后的房子

陋屋底层小木房

和室六平方米

铂文昨日过远洋

老爸木屋坐蜷躺

小屋近儿最舒畅

童年钟爱小房

同学做客来访

围坐小屋桌边上

自由安心平静

有桌有椅有席床

笔墨茶具食饮

所爱应俱全放

往日少年欢闹

寂静犹在眼面前

海雨黄梅湿黏

缅因白云蓝天

五个英俊少年

欢乐和顺安康

幸福无边

2017 年 6 月 25 日，佘山高尔夫家楼下和室。

浪淘沙·昨日湖边

西湖天地间
欢乐无边
一群同学美翩翩
毕业一年又相见
情义相连

匆匆已七年
家委竞选
求是门前常常见
亲子历历如昨天
品忆甘甜

2017 年 8 月 21 日,云顶清晨。

铂文在求是六(2)班的同学,毕业一年之后又相聚于西湖天地,一起看望张老师,幸福无限。

生日重阳

才过霜降

今又重阳

恰铂文生日

物物皆吉祥

十四年前最金秋

吾儿欢快来杭州

也是小羊

柿红橘黄

最爱层林尽染

五云山秋风微凉

云栖之巅远望

还有金梦来留香

八年求是生涯

三载包校住松江

七尺之躯初壮

男儿当自强

今又冠军赛佘山

高球英雄聚身旁

前望天空海阔

通途处处耀金光

2017 年 10 月 28 日，杭州。

喜迎楚涵

忽闻小囡来佘山

外公期盼已如幻

不知会如何

小园携手步跚跚

新奇东顾西盼

七彩滑梯飘飘然

沙发阔阔宽宽

坐卧两松软

宝宝天趣多灵气

四壁字画都喜欢

绿茵远山映碧水

含笑微微迎楚涵

2017 年 11 月 17 晚。

　　明天楚涵来上海外公家做客，这是多么高兴的事啊！山水草木都欢迎你们的到来！

图书在版编目（ＣＩＰ）数据

新海的诗 / 李新海著. -- 武汉 ：长江文艺出版社，
2021.4
ISBN 978-7-5354-9972-1

Ⅰ. ①新… Ⅱ. ①李… Ⅲ. ①诗集－中国－当代
Ⅳ. ①I227

中国版本图书馆 CIP 数据核字(2021)第 026275 号

责任编辑：王成晨　　　　　　　　责任校对：毛　娟
封面设计：李　鑫　　　　　　　　责任印制：邱　莉　　　王光兴

出版：长江出版传媒　　长江文艺出版社
地址：武汉市雄楚大街 268 号　　　　邮编：430070
发行：长江文艺出版社
http://www.cjlap.com
印刷：湖北新华印务有限公司

开本：880 毫米×1230 毫米　　　1/32　　印张：5.625　　插页：4 页
版次：2021 年 4 月第 1 版　　　　2021 年 4 月第 1 次印刷
行数：4049 行

定价：45.00 元

版权所有，盗版必究（举报电话：027—87679308　　87679310）
（图书出现印装问题，本社负责调换）